古舘曹人の百句

丹羽真一

行の俳句というもの

ふらんす堂

目次

古舘曹人の百句

猫をりて月の厨にものくへる

『ノサップ岬』
昭和十七年

1

「さて、今から自註百句を書きはじめるが、私は元来俳句に自註をすることについてあまり気が進まない男である。」というのが『自解一〇〇句選古舘曹人集』（牧羊社・昭和六十二年刊）の冒頭の句に対する冒頭の言葉である。このように曹人は自分の俳句の解説や自慢めいた話は好きでなかったが、掲句は例外的に「ホトトギス」の高浜虚子選に初入選したものと記している。そういう眼で見るからかもしれないが、掲句の制作年を知ると、開戦後の様々な暗さを感じさせる。曹人は昭和十八年に学徒出陣することとなるが、その前の貴重な作品。

飴も売りにはかに雛の店となる

『ノサップ岬』
昭和二十三年

2

普段飴を売っている店だから駄菓子屋かと思ったが、自註によると「釧路のみすぼらしい小さな雑貨屋に内裏雛が飾られた驚き」とのこと。「さいはてに遅い春が近づいていた」ことを実感した際の作。元来の商売が何であるかはともかく、人形店ではないしがない小商いが、いま急にぱっと明るく映った様子が「にはかに」に表現されている。九州生まれの曹人が、釧路の炭鉱に就職して二年目の春である。厳しい冬を乗り切ったわけで、終戦後間もない時期でもある。曹人初期の「抒情俳句時代」の一代表句として、私には特に心に響く作品である。

虫の戸を叩けば妻の灯がともる

『ノサップ岬』
昭和二十五年

3

こういう俳句は分りやすくて自註はしづらいだろう。と同時に鑑賞文も書きにくい。妻への慈しみや感謝のひと言で終わってしまう。釧路から帰京して句会に復帰した第一作だそうだ。高橋沐石という私の印象ではマイペースの先輩から、句会のかえりがてら頻りに褒められたそうだ。本人も気に入っているようで、自句選では必ず登場する。それが機縁かどうかは分らないが、掲句を嚆矢として曹人には妻の文代を詠んだ句が多い。最近ではごく普通に受け止められるが、当時の俳人には正面から妻のことなど詠めるかという気風があったようだ。

蟷螂の一枚の屍のうすみどり

『ノサップ岬』
昭和二十七年

4

曹人の初期の代表句で上田五千石による鑑賞があるので引いてみる。「蟷螂の斧をふりかざした姿に『生の意志』を見ることは誰もするところであるが、ここではその『死』が詠われている。それも踏みつぶされて、ローラ挽きされた、一枚の『屍』ともいえぬ『屍』をとらえて『うすみどり』と見極めている。『死』という『こと』をあげずに『屍』という『もの』で突き出しているのが、その死をいっそう美しく、あわれ深いものにしている。」曹人は、若い頃痩せていたので「蟷螂」と綽名されていた。曹人という俳号は、痩人をもじったもの。

ネクタイの白は知鼻の汗は情

『ノサップ岬』
昭和二十七年

5

三十代前半の頃の作。後の曹人俳句の印象と異なるが初期のひとつの表現形態である。本人もサラリーマンであった曹人が同職を観察したもので、知性を感じさせるネクタイと鼻の頭に汗をかいたホワイトカラーの働きぶりを際立たせた。師の山口青邨は、一定の評価をしたうえで「知的であって情趣をもつということは高い詩の必要条件であろうが、その知的は決してあらはなものであってはならないだろう。」とこれ以上知に走るなと句集の「序」で釘を刺している。そのことを話題にすると曹人は「（師は）牽制球を投げてきた。」と苦笑された。

鏡より抜けて理髪師春風に

『ノサップ岬』
昭和二十八年

6

言われてみれば理髪店は鏡ばかり。いつも鏡と向い合せの職業。時には鏡に背を向けて、自身を見ないで済む時間も欲しいのだろうと思う作者。下五の「春風に」に詩を感じる。前に〈虫の戸を叩けば妻の灯がともる〉があり、掲句と同時期の〈万灯は星を仰ぎて待てば来る〉〈蟷螂の一枚の屍のうすみどり〉〈かなかなの森の色して波寄する〉〈しんがりの鴨の速さを見失ふ〉などとともに、曹人の最初の俳句スタンスである「抒情俳句時代」の代表作の一つ。同時代は昭和三十年ぐらいまで。曹人はこの後たびたび作風の変革を行っていった。

みこし傾ぎ鳳凰上《かみ》にあらんとす

『ノサップ岬』
昭和二十八年

神輿に取り付けられた鳳凰は屋根の一番高いところにおわす。担いだ神輿が大きく傾いたときは、担ぎ手は必死になって水平に戻そうとする。その現象を鳳凰の意志のごとく表現して、担ぎ手を表面の世界から消し去ってしまった。私には、この措置で音や声が聞こえてこない。動きも実際よりはゆるやか。まるでスローモーションビデオを見ているようだ。自解には「鳳凰が荒神輿の頂上に安坐しているときよりも、傾いだとき、もとに戻ろうとする鳳凰の威厳を強く感ずるものだ。」（『自註現代俳句シリーズ・古舘曹人集』俳人協会・昭和五十四年刊）とある。

霧動きコーラスのごと杉並ぶ

『ノサップ岬』
昭和二十九年

8

　掲句は俳人協会の自註シリーズで初めて見た。私は曹人には昭和五十五年より師事したが、当時本自註句集と第四句集『砂の音』が私にとってのバイブルであった。なかでも強く惹かれた俳句の一つが掲句であった。杉林は植林つまり人工的に配置するもので、コーラス隊と同様に端然と並んでいる。樹高が若干不揃いのところも似ている。霧が流れて杉林のそれぞれが、少々傾き感情をこめて合唱しているかのようでもある。こういう点を趣をこめて写生した。私が高松から高知に向かう土讃線の車窓から観察した景そのものであった。

灯台の裏窓一本の葱吊す

『ノサップ岬』
昭和三十一年

9

曹人俳句初期の傑作のひとつ。曹人は岬が好きで、全国のあちらこちらの岬に立ったそうだ。さて、掲句は中九音の字余り。裏窓の裏を省けばすんなりと七音になるが、あえて「裏」に拘った。この頃は今と異なり灯台守が常駐する時代で、その生活の一端を詠んだ。当時世の中では原水爆実験反対、米軍基地反対、労働争議など戦後の諸問題が噴出し、俳句界では社会性俳句が大きな流れとして生まれた。沢木欣一の『塩田』が昭和三十一年、能村登四郎の『合掌部落』が翌三十二年の刊行、掲句は社会性俳句真っ只中の作品である。

袋負ふ盗炭足にまとふ海霧《がす》

『海峡』
昭和三十二年

北海道は釧路に勤務していた時の、厳しい自然環境とそこに暮らす人々を描いた社会派時代の作品。季語は海霧。俳句ではよく「じり」と読むが、ルビは「がす」。

　掲句は、盗んだ石炭を粗末な粗い袋に背負っていて、その足元を海霧が纏っているという光景。一句は中七途中の「盗炭」で切って読むとリズミカルでありながら、ことの重大さにも気づきやすい。対象の人は、炭鉱のボタ山から、火力として使えそうな石炭を拾って帰るところである。師の青邨は、この対象を女子供と解釈している。曹人はというと、盗まれる側の炭鉱会社の幹部であった。

妻不撓不屈のダリア咲きふゆる

『海峡』
昭和三十二年

曹人の社会性俳句は『ノサップ岬』の終盤から『海峡』全般にかけての時代である。掲句は、釧路の社宅で華奢な妻が花を咲かせようと頑張ったところ。自註現代俳句シリーズにはこうある。「北海道のダリアは大輪で色が鮮烈。たんぽぽもあやめも鉄線花も色が濃厚で逞しい。妻は裏庭にダリアを咲かせた。それもさいはての苦闘の姿」と。私も父の転勤で昭和二十九年より秋田に居住した経験がある。幼稚園児から小学一年生にかけての私は雪だるまやかまくらで遊んだが、関西育ちの母は病気がちであったことが思い出される。

駅に家かたまり寄せて流氷群

『海峡』
昭和三十三年

石田波郷が朝日新聞に寄稿した『海峡』書評のなかに抽出された二句の内の一句。「流氷帯三十七句」という見出しのなかの屈指の作品と思う。前書に「網走能取岬の二つ岩に立ち渺々たるオホーツクの流氷を展望す」とある。この駅は、網走駅ではなくもっと小さな海際の例えば北浜駅あたりか。このあたりはアムール川から押し流された流氷が、春先から三月下旬にかけて海を覆い尽くす。雄大な大自然のなかでのちっちゃな人間の営みが、しかし、読みようによっては、地域の皆で肩を寄せ合うほんのりとした温みも感じさせる作品となっている。

氷壁のおのがこだまの中に鷗《ごめ》

『海峡』
昭和三十四年

北原ミレイの歌う「石狩挽歌」は「海猫《ごめ》が鳴くからニシンが来ると赤い筒袖《つっぽ》のやん衆がさわぐ」と、なかにし礼作詞の風土色土俗色の濃い歌詞ではじまる。「ごめ」と聞くとこの歌を口ずさみたくなるが、ミャオミャオと猫のように鳴く鷗のこと。幾羽もいる「ごめ」の声が海岸べりの切り立った氷壁に谺して収拾のつかないほどだ。身を切るような烈風も吹き荒れているのではないか。この混沌と音響のなかにいるのは「ごめ」だけではない。そこには、まぎれもなく作者自身もいる。辺境のなかの孤独な曹人が。

屋根石の鴉の横目ソ領凍つ

『海峡』
昭和三十四年

14

「国後島を遠望す」とある知床半島での嘱目である。「屋根石」という写生物により、冬の強風に耐えようとしている粗末な建物と、背景の荒寥たる地形が浮かぶ。「鴉の目」でよいところを「横目」とまで一歩踏み込んだところに北方四島を強奪された無念さがにじむようだ。それにしても九州で生まれ育った作者にとって北海道の冬は並大抵ではなかったことであろう。過酷な条件下での吟行は、却って曹人の魂を鼓舞し俳句創作の上での糧になったのかもしれない。掲句は「渦潮」と題する知床単独吟行四十句という量産のなかの一句。

毳山河カチューシャ色の装《なり》曲げて

『海峡』
昭和三十四年

15

自身が作成した年譜を見ても、この時期は曹人流の社会性俳句の真っ只中であった。橇山河という省略や装という字を「なり」と読ませるなど多少強引な面はあるが、そういう時期におけるほっこりとする抒情性のある一句である。自註には「当時北海道の田舎では中年の婦人はきまって角巻で身を包んだ。赤や茶の色彩豊かで、ロシア民族着によく似ている。そのロマンが橇を運ぶ。」と優しい眼差しが窺える。私も平成になってからであるが、道東の遠軽という町で、初老の婦人が橇を曳いて来てスーパーの杭に括るところに遭遇した。

もろこしの火を精悍の眼に宿す

『海峡』
昭和三十四年

この頃の曹人は、自然環境の厳しさについて前面に押し出している。〈流氷に一点喪服めきて鷗《ごめ》〉〈凍雲と混濁し合ひ渦とこしへ〉等々。また人物についても例えば〈海鞘《ほや》をむく鬼畜の手して女なり〉の句のように研ぎ澄ましたものも少なからずある。そうではあるが、傾向的には〈雪焼の一生砕身眦笑み〉〈秋刀魚選り美貌を波の日に焼きぬ〉〈西瓜下げ親馬鹿らしくたくましき〉など、人々の暮らしや生き様を肯定的に捉えているものの方が多いし、佳作もその方が多いと思う。これが曹人流社会性俳句の特徴と言えるかもしれない。

巌畳む未明の海月《くらげ》創世より

『海峡』
昭和三十六年

「知床岬四十句」と題する連作の冒頭の句。長めの前書がある。「羅臼岳の麓、宇登呂より早暁漁船を借りて、オホーツク海を三時間半、知床岬に至る。番屋あり、夏場漁夫住めり。お花畑より国後島を遠望す。帰路半島に沿ふ、奇岩天を圧し、鵜巣をつくる。宇登呂は冬期バスも通はぬ寒村なり。漁家に泊る。」と。一方「曹人君はうちに秘めた情熱をもつてゐる。食ひさがる執拗さをもつてゐる。円熟老成ではなくて抵抗を排除しての前進を取つた。北辺壮絶の絵巻物――世に出ることを心から喜ぶ。」は師青邨の『海峡』の序である。

八方の渦率て巌や鰊《にしん》群《く》来《き》

『海峡』
昭和三十八年

本句は襟裳岬での嘱目。季語の「鰊群来」は春。岬の両側から太平洋の波がぶつかり合って渦を巻いている。鰊群来といえば山口誓子の〈唐太の天ぞ垂れたり鰊群来〉がまず浮かぶが、本句も力強く壮観である。もっともこの時代には鰊の大群は見られず、すでに鰊群来といった壮観な現象は消滅していた。〈駅に家かたまり寄せて流氷群〉と掲句を代表に挙げて、句集『海峡』について、石田波郷は「迫力をもつのは、著者の人間的志向と風土への傾倒が一致して自然の圧倒感にも負けぬ気魄即一句の声調となっているからだろう。」と評している。

炎天に道を余して引き返す

『海峡』
昭和三十八年

社会性俳句時代の句集『海峡』掉尾の句。八年間の二度目の釧路勤務から東京転勤が内定したあと襟裳岬に遊んだ。「襟裳岬三十二句」と題する作品もその中心は前掲の「鰊群来」のように厳しく緊張感のある句であるが、掲句に関してはいささか趣が異なる。即ち、穏やかでゆとりが感じられる。昭和三十年代の北海道の生活はそれは大変であっただろうし、石炭危機の社業も厳しかったに違いない。掲句からは、それらを何とか努力で切り抜けた満足感や余力がそこはかとなく伝わってくる。この後曹人の句風は「回帰時代」へと変遷する。

灯を過る蛾は刺客の速さにて

『能登の蛙』
昭和三十八年

照明の下を通り過ぎる蟻は刺客の速度で、ということだけれど、「刺客の速さ」とはどの程度なのであろうか。多分、ゆっくりではなく、かと言って小走りほどでもなく、早足で、というあたりだろうか。忍者とはまた違うのだろう。「灯を過る」の灯はどこにあるのだろう。街灯なのか室内の電灯、あるいは読書灯なのか。刺客とあるので作者に身近なほど臨場感が味わえると思う。刺客という表現にはっとするが、季語の「蟻」の形態や面構えから見て納得する。曹人は、動物、殊に蟷螂をはじめとする小動物をこのころ数多く詠んでいる。

舗道吸ふ金魚の水に過ぎなくて

『能登の蛙』
昭和三十九年

天秤棒を担ぐ金魚売が僅かな水を零して、それが舗装のアスファルトに吸われた、という些事を観察した句。誰も気に留めず、まして詠ったことのない視点からの感性のある新鮮な一句になった。「過ぎなくて」というやや理屈ぽい表現はチャレンジ精神と見た。道路の舗装は昭和二十年代の終り頃から盛んになってきたので「舗道」は現在よりもずっと意識された言葉だっただろう。同時作の〈帽子深く金魚のほかは錆びやすし〉などもそうだが、抒情性と社会性の両面を含んだ作品で、この時代の曹人俳句の特徴をなしているのではないか。

筆措いて髪の凄絶ちちろ虫

『能登の蛙』
昭和三十九年

この句のモデルは石田波郷。朝日新聞に『海峡』の批評を載せて下さったお礼のため波郷宅を訪れた。この時のことを「先生は着物に無造作に帯を結び、ざんばら髪で、まるで一介の書生。（中略）病身でいかにも弱々しく見えたが、青年のような若さが最大の魅力であった。」と回顧している。当時新進の曹人にとっては、一騎当千の思いだっただろう。その昂揚感のなかでよく観察をしてまた無用な遠慮をせず、波郷の晩年の横顔を描き切っている。曹人は「波郷という人自身が即俳句であった。」と述懐するが、「ちちろ虫」に万感の想いが籠る。

苺つぶす舌を平に日本海

『能登の蛙』
昭和四十年

苺を食べるとき、昔は苺専用の平べったいスプーンでつぶしてコンデンスミルクをかけた。最近はこのスプーンを余り見かけないが、掲句の頃はそうだったと思う。苺をまるまるぱくっと口に入れても「舌を平に」するのかどうか私には分からない部分ではある。ただこのフレーズによれば、日本海も作者の心も両方とも波立たず平穏な状態にあったに違いない。曹人が最後に出した句集に『日本海歳時記』（ふらんす堂・平成十一年刊・既発表句集）がある。京・近江を含めた日本海側の繁栄に想いを馳せた本句集は、掲句を冒頭にして始まる。

蕨売り道に帰依して一老婆

『能登の蛙』
昭和四十年

上田五千石の正鵠を得た鑑賞があるので以下紹介する。

「能登の風土を探った大作『能登の蛙五十六句』中の朝市所見の一つである。蕨の束を地にならべて商っている、二つ折れの腰をした老婆の姿に、いたく興をそそられて句にしたのである。『道に帰依して』が、この作者の独特な見方であり、表現である。（中略）ここでは市の一隅に目だたない商品である『蕨』を売っている、つつましい老婆の在り様と、這いつくばっているその姿態のイメージを彷彿させる決め手になっている。大胆な語法は曹人俳句の特色の一つである。」

（『近代俳句大観』明治書院・平成三年刊）

配流の闇なほ土間に遅桜

『能登の蛙』
昭和四十年

奥能登に時国家がある。平清盛が亡くなったあと権力を握った平時忠がその後源平の戦に敗れ流刑となり能登に来た。その子の平時国を祖として「上」と「下」の両家に分かれて現代まで引き継がれている。時国はもともと下の名前であったが、源氏が隆盛の時代、地方といえども平家を名乗ることは憚られ、時国を苗字としたらしい。ところで掲句の上五は「はいりゅう」と読むようだ。時国家は私も訪れたが、堅牢でどちらも堂々たる家構えである。明るい外光に対して、掲句には流罪の悲しみが、広いが薄暗い土間に流れている。

ふるさとのしよせんは路傍黒揚羽

『能登の蛙』
昭和四十三年

郷里唐津に帰省したときの作。私には故郷というところがない。父も私も転勤族で全国のあちらこちらを転居した。父の故郷は元をただせば福井であるが、武士であったので明治維新の影響を受け、祖父の代にすでに大阪に出てきていた。母は宝塚の奥の地主の娘であった。幼いころには何度も帰省したので、私にとってその農村地帯が故郷代わりである。曹人は唐津で育ったので文字通りそこが故郷ではある。兄弟が暮らしているにしても父母が亡くなったあとは、懐かしくはあるがどこかしっくり収まらない気分にもなるのであろう。

竜胆や片手をがみに自然石

『能登の蛙』
昭和四十五年

自然石を片手拝みしているということは、この自然石はお墓なのだろうということが分る。すると竜胆は何処にあるかというと、野のそこら辺ではなく、多分供花として供えられているのだろう。種明かしをすると、「落柿舎に至り、去来の墓去り難し」と前書がある。自註句集には「去来の墓に濃竜胆が供えられていた。石ころであることがこの墓の哀れをそそる。」とある。句意はこれで十分。それにしてもこの句、形の上からも詠み方からも俳句とはこういうものだという基本の要諦を押さえたうえで、謎解きも楽しませてくれる。

鉄柵の瀑布の響掌につかむ

『砂の音』
昭和四十七年

「ナイアガラ瀑布」と前書あり。曹人は「湖を縦にしたような大きさ」だと驚愕している。この頃曹人は社運の傾いてきた会社の立て直しのため二、三か月かけて欧米を視察した。のちに当時としては大変珍しい不動産業への業種転換を図ることになる。曹人の経営者としての大胆不敵な資質と実行力が実り、見事に会社を立て直したのであった。そういう使命を帯びた真剣な視察ではあったが、旅の終わりに息抜きをしたのであろう。豪快な景のなかでのディテールを詠み、力強い覇気と、「掌につかむ」という覚悟がひしひしと伝わってくる。

城中の人稲妻の仮面せり

『砂の音』
昭和四十七年

この句も欧米視察時の収穫。ドイツのハイデルベルクでの作。古城に夕立が叩きつけ雷鳴が我がもの顔で響き渡っていたのではないか。そして雷光が眩しく人面を浮かび上がらせる。「城中の人」はもちろん一緒に城内を見学している人のことだ。西洋人かもしれない。作者には、あるいはドラキュラのように映ったのかもしれない。眼前の情景を詠んでいるのではあるが、どこか古風なイメージが広がる。そう「鉄仮面」のようなイメージ。少年少女文学全集で読んだ人も多いと思うが、そういうドキドキ感を背景に背負っているようなロマン篇。

氷河仰ぐ花束ほどの日だまりに

『砂の音』
昭和四十七年

ドイツからスイスに回った曹人が立ったのはアルプスのユングフラウ。ここへは登山電車で登る。曹人俳句のなかでは飛び切り明るい。「花束ほどの日だまりに」というと、事実はほとんど影の部分だと思うが、それでも印象は明るい。海外視察という重要な任務を終え、しかも何か会社再建のカギやヒントを摑んだのではないか。暗中模索のなかで、大きくはないがきらっと光る確かなものを摑んだという満足感が溢れている。抒情性という曹人俳句のスタート地点への向き方を十分に発揮した「回帰時代」の主要作品のひとつと見てよいだろう。

ブーゲンビリア民話は死より始りぬ

『砂の音』
昭和四十八年

沖縄での作。最初にこの句を読んだときに強烈な印象を受け、一度で暗誦してしまった。暗記力の弱い私としては珍しいこと。この句に出会ったのは『砂の音』を読んだとき。私が曹人の知遇を得た昭和五十五年のことである。当時ブーゲンビリアという花をよく知らなかったが、かっこいい花の名に中七以下との関係性がマッチしていると感じた。取合せ、配合、一句一章などという言葉を知る前のことである。現地に伝わる一つの民話が「死より始りぬ」なのだろうが、省略が利いてすらりとしている一方で奥深いフレーズである。

紫の菖蒲に妻と入れ替る

『砂の音』
昭和五十年

これまでの句と比較して掲句は、生の表現、飾り気のない素直な表現であり、曹人俳句の転換を示す一例。花菖蒲見物の人が大勢いる畔での嘱目。二人並んで観賞できないほどの混みようである。妻を詠んだ作品はかなり多いが、この句は素直にその場を描写した。妻は優しく神経の行き届いた方であった。訪問するといつも明るく歓迎をして下さった。そして妻は歌人であった。

〈風の日は日除膨るる唐黍《きび》売の車なつかし九月の北国〉

〈マドラーにかきまはさるる氷片の阿鼻叫喚をグラスに透かす〉（歌集『雪模様』短歌新聞社・昭和五十九年刊）

向日葵は二時の紋章忌に籠る

『砂の音』
昭和五十年

33

向日葵は太陽の象徴、花の形状から顔のようでもあり時計盤にも見える。午後二時は最も暑い時間帯。そんなときに不幸があり忌に籠っている一軒の家がある。掛けてある簾は揺れず風もない。油蟬も聞こえてくる。極暑であろうが意外と蒸し暑さは感じない。思い切り言い切ったことと省略が爽快さすら感じさせる。そういえば、いつの頃からかどうしてだか忌中札を掲示する風習が廃れた。私は、二十数年前下北半島を旅行した時、バスの車窓から晩夏の漁師町で忌中の貼紙を見たのが印象的であった。それが忌中札を見た最後だったかもしれない。

冬の滝おのれの壁に響きけり

『砂の音』
昭和五十年

掲句のよさは、上から下まで滝が流れ落ちるところを、詠みっぷりそのもので表現している点にあると思う。特に「けり」の働きにより静寂も感じる。ところで曹人はこれまで「けり」や「かな」は滅多に用いていない。この句でほぼ初めて使ったが、一句の厳しさに自己の信ずる俳句の道を切り拓いていく決意を感じる。掲句は超結社の「塔の会」初参加のときの出句作であり、「塔の会」の影響はまだ受けていないと見るべきだ。ではあるが、波郷の人柄や切字重視の句柄に少なからず惹かれたことも、自己の俳句改革に影響したものと思われる。

水仙のうしろ向きなる沖つ濤

『砂の音』
昭和五十年

水仙が後ろ向きというのは何に対してだろう。沖つ濤に対してなのか。俳句では往々にして「我」が隠されているので、作者に対してか。位置関係は、作者がいて水仙があり遠くが波立っているのだろう。だとすれば、水仙は作者に対して後ろ向きであって海の方を向いている、と解釈するのが自然。にしてもどことなく一句からは暗さを感じる。それは同年作の〈冬の滝おのれの壁に響きけり〉にも言えること。前年の昭和四十九年のいわゆるオイルショックの後の地価下落などで、不動産事業へ舵を切った会社の経営者として苦悩した時期であった。

鶯納め碧き月日を惜しみけり

『砂の音』
昭和五十一年

昭和四十九年に襲われたオイルショックで世の中大混乱に陥った。トイレットペーパーが店頭から消えてしまって、物価が高騰し市民生活が多大な影響を受けたころだ。私は当時若手の銀行員で、給与がぐんと上昇したわけであるが、そのころ曹人は経営者として大変な苦労を強いられた。業種転換をして軌道に乗りかけた時期での急襲であった。メイン銀行の支援を得て、世の中が落ち着きを取り戻すと軌を一にして、会社の再建も図られた。掲句はそうしたタイミングの句で、鶯納めという季語に託した安堵感と、いくばくかの余裕が窺われる。

雪吊や日本の裏に妻が里

『砂の音』
昭和五十一年

曹人の妻の文代は金沢の出身。加賀百万石の武家である河瀬家の末裔の娘。岳父は曹人が通っていた熊本の五高（その昔夏目漱石が教鞭を執った学校）の教授であり、戦後五高の最後の校長を務めた人だ。文代とは、河瀬教授宅を何度も訪ねて行ったときに知り合ったそうだ。学徒出陣の前のことである。無事帰還して昭和二十一年に結婚。古舘家は佐賀の造り酒屋。結婚前に岳父が文代に「相手は商人の家だが、それでもよいか。」と念を押したと言って、曹人は笑っていた。後で知ったことであるが、曹人の母も武家の出である。

炉のあとに土の寄せある鹿火屋かな

『砂の音』
昭和五十二年

有馬朗人に「塔の会と曹人」という文章がある。(『現代俳句の一飛跡』深夜叢書社・平成十五年刊に所収)ここで氏は二つの指摘をしている。一つは、昭和四十九、五十年ころから「けり」「かな」の切字が急増してくるというもので、これは曹人の「俳句の形に対する自覚であり、変革であった。」という。もう一つは「内容のうえでも曹人的知の世界から、古典的世界への転換がみられる。」といい、「伝統的なものへの志向を強めていくのである。」と。それは、岸田稚魚・細川加賀などの「塔の会」のメンバーに大いに関心を示したときでもあったという。掲句はその一例。

藁小屋に鳶口を挿す松の内

『砂の音』
昭和五十三年

〈浪の間や小貝にまじる萩の塵〉は芭蕉が『奥の細道』で敦賀から舟で寄り道をした種《いろ》の浜（現色ヶ浜）で詠んだもの。この小貝は「ますほの小貝」というもので西行法師が詠んで歌枕になったところ。歌枕であり俳枕でもある色ヶ浜へ曹人一行は松の内に出掛けた。鳶口は昔の消火道具のひとつで、主として類焼防止のためにものを壊すときに用いた。それが藁小屋の柱などに無造作に挿してあった。こういう句材を見逃さないのが曹人である。年末から挿してあったと思うが、季語の斡旋に飛躍があり、集落一帯がまだ正月気分に包まれていることが窺える。

蜻《せい》蛉《れい》のあとさらさらと草の音

『樹下石上』
昭和五十三年

この俳句には動詞がない。一つもないが動きはある。蜻蛉と草の動きが読み取れる。曹人は、動詞の話になると決まってこの俳句を挙げて「動詞はなくてもよい、動詞はなくても動きは表現できる。」と言った。動詞を一つ以下にすることと何度も指摘された。動詞が複数入ると、散文調になりやすく格調を損なうと指導されたものだ。名詞重視とも関わるが、曹人俳句の変遷から見ると、掲句あたり以降を「行の時代」という。俳句は頭で作るのではない。上手い句を作るのではなく、心を虚にして写生でもって実《じつ》を詠む、という主張である。

十三夜待つつげの箸つげの櫛

『樹下石上』
昭和五十三年

自註に次のようにある。「奈良井の木地師の工場で黄楊《つげ》細工をしみじみと見た。藪原のお六櫛がその発祥。十三夜にやや早い晩秋で冷え冷えとしていた。」曹人の自註は正面から直球を投げることは少ないが、掲句は珍しい例。東京やその他の土地で作句しても構わないが、この句は読んだときから木曽の奈良井宿の匂いを感じた。十三夜という季語が醸し出す情趣なのであろう。師の青邨に〈お六櫛つくる夜なべや月もよく〉というこれまた趣を湛えた句があり、これは奈良井宿のはずれの鳥居峠への登り口に句碑が建てられている。

麦蒔けば来る能登の雲加賀の雲

『樹下石上』
昭和五十三年

この句を最初に見たとき、どこで作ったのかが気になった。金沢では近すぎる。では福井の方か。それだと加賀の雲のほうが先に来るのではないか。それでは富山や新潟の方か。富山湾を渡って越中富山か、あるいは佐渡島だと丁度この順序になる。いずれにしても海を越えて雲が流れくる情景は雄大でいいなと思った。自註を見るとそこではなかったが、私なりの場所設定をして鑑賞している。初冬の大らかな景が何とも心地よい。上五の「麦蒔けば」もいい。ミレーの大作「種をまく人」を連想する。岩波書店のあのマークである。

妻と来てひれふりやまの初日かな

『樹下石上』
昭和五十四年

「ひれふりやま」は佐賀県唐津市の領巾振山。曹人の出身地の伝説の山でもある。任那救済に赴く恋人に姫が領巾、つまり布帛を振って別れを惜しんだとされる。伝説を知っていれば「妻と来て」に感慨が籠る。大変だった会社の再建も軌道に乗り、心配に及ばぬ状況までこぎつけ、経営者としての責任を果たしたという背景を考えると、曹人としては、妻を連れて故郷に錦を飾るというような意識があったのかもしれない。領巾振山からは、風光明媚な虹の松原が一望できる。初日という季語がこれからの明るい将来をすべて表現している。

雪雫道庁融けてゆくごとし

『樹下石上』
昭和五十四年

44

赤煉瓦の旧北海道庁、明治二十一年竣工、昭和四十四年重要文化財指定。積もった雪が雪融けのしずくを垂らしながら融けてゆく光景を、道庁そのものが融けてゆくようだと詠んだ。色彩も鮮やかで曹人は、お菓子のようだと感想を述べている。確かにデコレーションケーキの上に載ったお家のようである。この頃になるといろんなことが好転して、正月には故郷の唐津に帰省したり、今回は札幌にやってきた。仕事で来たのかもしれないが、この句にはゆとりがある。一時の緊張感からはすっかり解放されて、鎧を脱ぐようでもある。

まんさくの黄のなみなみと暮れにけり

『樹下石上』
昭和五十四年

45

何という大らかな詠みっぷりだろう。満足感や充実感に満ち溢れている。「まんさく」は、万作とも満作とも金縷梅とも表記される。名前の由来は、まんまんと咲くからという説もあるが、早春、他の花に先立って「まず咲く」が語源だという説もある。こちらは「まんず咲く」が訛ったとも言われているが、どっちが訛っているのか、あべこべのような気もする。句集では直ぐ次に〈ありあまる時の過ぎゆく犬ふぐり〉という作品がある。こちらも充足感と平穏さがいっぱい。実業という仕事に身を置くと、社会情勢や好不況の影響を受けるのが宿命。

92 — 93

煮蕨や妻がひろぐる旅のもの

『樹下石上』
昭和五十四年

曹人は妻とよく旅行に出かけた。生来旅行はお好きなようであるが、泊りがけの俳句吟行を一年間に何度もしているので、本人は言わないが、申し訳ないという気持ちもあってのことかと推察する。掲句も旅行中のひとコマ。自註によると高野山の宿坊。夕食に地元で採れた蕨の煮付が出たのだろう。食後に妻が旅の荷物を入れたり出したり。当時のことだからボストンバッグだったかもしれない。洋服などはハンガーに掛けたり、いったん広げてから、きれいに畳んだりされたのであろう。妻の几帳面な様子が窺える。

一人づつまた一つづつ巴《は》旦《たん》杏《きやう》

『樹下石上』
昭和五十五年

巴旦杏というのは李の一種で直径四～五センチほど。尖っていて、熟すと赤紫色になる。季語としては夏。人数のそう多くはない気楽な会合や句会の風景のように想像される。五、六人ぐらいが掛けるテーブルの中央のフルーツ皿に盛られている。誰かの差入れなのだろう。「これが巴旦杏というものなのか、食べるのは初めてだ。」などと言いながら一人が珍しそうに巴旦杏に手を伸ばす。「私も初めてだ。おいしそうだね、桃より酸っぱいのかな。」などと言って別の人が摘まみ上げる。そんな和やかな動きのある風景を動詞を使わずに描出。

放埒の二日となりし酢牡蠣かな

『樹下石上』
昭和五十六年

掲句は、正月愛媛広島方面に旅行をしたときのもの。放埓というのは、勝手気ままに遊びまくること。元日は旅も厳かに初詣など組み入れて風光明媚を愛でることを中心にしたが、今日二日は、いよいよ自由自在に遊びまわってきた。そして今こうして家族と下戸ながらも旨い地酒を酌み交し、酢牡蠣をすする。至福の時がゆっくりと流れていく。正月から酢牡蠣などあまり食べないと思うが、牡蠣の本場ならではの句。酢牡蠣の食感と相俟ってそこが放埓と響きあう。なお、余談であるが、曹人は食べ過ぎて腹をこわした由。

ちぬ釣のおもしろからぬ顔のまま

『樹下石上』
昭和五十六年

「ちぬ」は黒鯛とも言われタイの仲間で夏の季語。内湾に多く、波止や岸壁の釣魚として珍重される。真鯛は赤く主に船釣りである。多分一人ではなく何人かが同じように糸を垂らしているのであろうが、どうしても釣れる人と釣れない人が出てくる。その差はどこからくるのだろうか。俳句もうまい人とそうでもない人がいるが、釣りも努力、向上心、センスなどいくつかの要素が混ざりあうのだろう。掲句は長い時間釣れずにぶすっとしている人に焦点を当て、そのまま表現した。釣れなくても、どこ吹く風とばかりに表情に出ない人もいるが。

星合の敲きのべたる一句かな

『樹下石上』
昭和五十六年

天の川を挟んで牽牛星と織女星が年に一度接近する星の恋。なんともロマンチックである。曹人の俳句テーマのなかではやや異質だなと思ったが、席題句であったそうだ。曹人主宰の句会では兼題句や席題句は一切出されない。俳句は現場で作るものとの強い信念からである。そういうことからすると、掲句は、別の句会だったのだろう。不慣れな席題ではあるが、中七以下が天の川を連想させて掲句はよくまとまっている。「一句」がずしんとくる。本人も手応えがあったのか、弟子となって程ない私に、葉書で見本句として送ってこられた。

一つ家の著莪の戸口に車櫃

『樹下石上』
昭和五十七年

51

車櫃というのは脚にコロがついた箪笥のことで、火事などの際に牽き出せるようにした先人の知恵。「著莪の戸口」という省略表現でもって、比較的こぢんまりとした質実な民家が想像できよう。掲句は徳島県の祖谷渓に曹人夫妻を案内した時の作品。祖谷渓は平家落人伝説の秘境。大歩危から出来たばかりのトンネルを抜けて車で行けたが、当時路線バスは、阿波池田から、いつ落ちても不思議ではない谷の際の道をくねくねと時間を費やしながら行ったものだ。攻め手からの防御のため、いつでも切り落せるかずら橋はここにある。

滝道のもどりの人に触れにけり

『樹下石上』
昭和五十七年

52

これも徳島県祖谷渓での嘱目。滝は崖に懸かっており、大抵の場合、滝道は滝のあるところで行き止まりである。行けば戻ってくるのが滝道の特徴である、などと気がついたのも、この句を見せられてからである。曹人もこのとき初めて、滝道は行って戻るものと勘付いたのだろう。ともすると只事俳句かと見落としてしまいそうで、その実ちょっとした発見が隠し味のように含まれている句は、飽きがこない。芭蕉が晩年に目指した「かるみ」は、才長けた句ではなく、こういうちいさな発見の句ではなかったのかと、私はひそかに思っている。

鉾の稚児帝のごとく抱かれけり

『樹下石上』
昭和五十七年

祇園祭の始まるところ。お稚児さんが屈強な男に抱かれて長刀鉾に乗り込む場面である。山車はいくつも出るが他の鉾は人形であり本物の稚児が乗るのは先頭の長刀鉾だけである。運よくこの場面に出会った曹人、「帝のごとく」とは幼帝安徳天皇のことを想像したものと思われるが、この興奮振りが伝わってくる一句である。京都ならではの詠み込みである。余談であるが、曹人は、あるとき書道を習っていると言っていたが揮毫は多くはない。私も「夏草」で新人賞を受賞したときの記念品として戴いた掲句の短冊を一葉だけ持っている。

懐手海鷗《ごめ》擾乱の中にあり

『樹下石上』
昭和五十八年

私が曹人に師事したのは昭和五十五年、東京から高松に転勤した時からであった。添削をするからたくさん作って送るように言われた。それでひと月に一～二回俳句を書き送ったが、評価は厳しくなかなか○をもらえない。手応えがあったのは五十七年から。大抵は原句ではなく添削後においてであるが、やっといくらか高評価を得た。そういう折、この一句のみ書かれた葉書を受け取った。作者本人も入れて大景のダイナミックな詠みっぷりに驚嘆したことを覚えている。曹人の生き方のシルエットのような作品である。なお擾乱は、じょうらんと読む。

絶壁を飛んでゆく雨夕雉子

『樹下石上』
昭和五十八年

55

雉子については、古来より万葉集の〈春の野にあさる雉子の妻恋ひに己があたりを人にしれつつ　大伴家持〉はじめ多くの和歌が詠まれている。雉子の特徴として私たちがすぐ思い浮かべるのは、その美しさとともに鳴き声であろう。ケンケンケンと甲高く鳴いているのをときどき聞く。そのいくらか哀調を帯びた鳴き声は、現代人の心にも響くものがある。「子や妻を思う切実な情」（復本一郎著『芭蕉歳時記』講談社・平成九年刊）が本意とされたのである。雉子の声は今でも聞ける所では聞くことができるが、ちなみに、ここの「絶壁」というのは、足摺岬である。

112 — 113

田植機を押してうしろを見せにけり

『樹下石上』
昭和五十八年

56

高松勤務であった当時、前年に大歩危や祖谷渓を紹介案内したことが気に入られたようで、私に四国の良いところを旅したいから、訪問地を選択してその行程表を作ってほしいとの依頼を受けた。ということで松山から入って、足摺岬、四万十川、龍河洞、桂浜などを回り高知から帰京する計画表を作成したところ、その通り回り掲句も詠まれた。掲句に関し、曹人の出身地佐賀藩士山本常朝が武士道を論じた書に『葉隠』がある。ここに武士たるもの（敵に）背中を見せてはならぬ、とあるそうだ。

素泊りの雨垂れのこる遠青嶺

『青亭』
昭和五十八年

ビジネスの世界では正しく伝達するための報告文の典型として5W1Hという指針がある。①いつ②どこで③誰が④何を⑤なぜ⑥どのように、というもので、掲句に当てはめてみると、①翌朝②素泊りの宿③私（作者）④遠青嶺を望んだ⑤は理屈に通じるので俳句では不要⑥窓際に立って、あるいは手摺を摑んで、と情報量が豊かである。この内、②と④は明記されているが他は比較的容易に類推できるもの。ところで、5W1Hに入っていない情報が「雨垂れのこる」であり、このプラスアルファの趣がビジネス文と文芸作品の違いなのではと思う。

職捨てて十一月の歯朶林

『青亭』
昭和五十八年

曹人に初めて出会ったのは昭和五十五年「夏草」例会の席上のことであった。後にこのとき曹人は太平洋興発の常務取締役であると知った。上場企業の役員として多忙のなか俳句のほか俳句文学館の建設にも尽力して、日経新聞の記者より「背広詩人」の名を贈られたのはこの少し前のことである。その後曹人は副社長になり、社長からの後任懇請を断って二足の草鞋を俳句一本に決断された。曹人は、石炭産業であった同社の業務を不動産住宅産業への転換を指導して倒産より救った最大の功労者であった。その人にして退職に当たりこの恬淡さである。

鶴を聴く衾のすこし魚臭し

『青亭』
昭和五十九年

鹿児島県の出水での一連の作のひとつ。餌付けによって鍋鶴などの鶴が八千羽もやってくる大原野。壮観である。同時作の〈寒暁に呼びあふ鶴となりにけり〉などはそれを如実に描写した写生句である。鶴の格調や哀切の念が表現されている。一方掲句はこれとは趣を異にしている。曹人の自註には「民宿で一夜まんじりともしなかった。雨風の中で鶴の声が聞こえる度に闇に眼を開いて聴いた。前夜泊まった人は蚤であったのか布団が魚臭かった。」とある。鶴というどこか神聖なものを布団が生臭いという俗まみれのものと取り合わせた。

風鈴の主客が見ゆる山家かな

『青亭』
昭和五十九年

この句からは次のような情景が想像される。——山道を登っていくと、古ぼけた一軒の家がある。道に張りつくように面した小ぶりの家だ。折から風が吹きおろしてきて、風鈴が鳴る。軒端に吊るされたガラス製の江戸風鈴が涼しい。男が二人畳の上で差し向かいでいる。五十がらみの頭のうすい主は、半袖シャツで立ち膝の格好、客の方は長袖シャツを腕まくりしている。主が大声で笑い、客がしゃべりながら笑う。笑っては麦茶をひと口飲む。客は持参した扇を、主の方は広告の印刷された団扇を使っている。また風鈴がちろりと鳴った。

沓取の雛のおもて上げにけり

『青亭』
昭和六十年

段飾りの五段目には仕丁雛の三人が並んで座る。泣き、笑い、怒りの三つの表情で「三人上戸」とも呼ばれる。仕丁雛は御所の雑用係などで、時折り裸足のものも見受けられる。沓を置くための沓台を持っている仕丁は顔を上げていたという。いずれの表情であったのだろうか。雛飾りを見たときに雛のひとつひとつ、なかんずく仕丁雛のさまざまな表情と仕草に個性がある。赤ら顔は怒っていると言われるが、この雛は酩酊しているのではないかとか、庭掃除中に集合写真よろしく呼び出されて迷惑そうな表情の仕丁などとあれこれ面白い。

花山葵雨に抱きあふ仏かな

『青亭』
昭和六十年

長野県安曇野の大王山葵田吟行での所産。多作多捨実践の成果である。予想外の雨の中の吟行となったが、曹人は二時間で五十七句を作った。句会には十句を出し、句集には掲句と〈雨の中大山葵田の花の中〉の二句を残した。〈山葵田に濡れて童も安曇族〉などは捨てられた。無心に作ってもひとつの延長線上で詠んでいる限り佳句は生まれない。発想が一直線上で飛躍のないものは捨てるほかない。一方、現場を離れて苦吟しても臨場感のある俳句は簡単には得られない。現場において、句を捨てることによる前進こそが写生作法の革新だと曹人は言う。

筍のぬつと野火止一丁目

『青亭』

昭和六十年

63

野火止というとまず思い浮かぶのが東京都と埼玉県にまたがる野火止用水。承応四年（一六五五年）完成。手掘による開削の跡が見られ、現在でもその一部が通水保全されている。もう一つ連想されるのは平林寺。広大な境内林があり用水跡が残っている。このあたりは、いわゆる武蔵野の雑木林がいまでも繁茂しているところで、そうした一角に筍がぬっと生えていた。このとぼけた描写が、平林寺周辺の野火止のやや鄙びた雰囲気になじむ。動詞の省略も利いている。さらに、「一丁目」という本来味気ない行政区分の言葉が、ここでは逆に風流さを醸し出しているようだ。

庭石に立ち上りたる虚子忌かな

『青亭』
昭和六十一年

配合の句である以上その配合の是非を検討せねばならない。「庭石に立ち上りたる」というのは作者の行為であるが、忌日の人はこのフレーズから、功なり名を遂げそれなりの長寿を全うした人という視点は外せないのではないか。もうひとつはあまり歴史的な人物は、演出的で現実感に乏しい。昭和以降できれば戦後が望ましい。また体格的にどっしりした人が似合うようにも思う。あまり精悍というタイプではない方がよいかもしれぬ。虚子が最適だとは断定できないが虚子の納まりは良いと思う。

〈春風や闘志いだきて丘に立つ　虚子〉より良いと思う。

砂掃いてきてゆりの木の花の下

『青亭』
昭和六十一年

65

突然曹人が誘ってくれ、二人で神代植物園に吟行した。曹人と歩いてゆくと、ひときわ大きな樹があり、ゆりの木と教えられた。園丁がそこらを掃きながらゆりの木の下までやってきた。掲句を見て、いい句だなと思う方と、事実通りのありきたりの写生句だなと思う方に分れると思う。私も一緒した当時は後者の感想であったが、簡単そうで自分で作ると似て非なる報告句になる。季語を説明しないで、三次元の立体感、大きなゆりの木とその下にすっぽりはいる人物の対比、さらに落葉ではなく「砂掃いて」という意外性などが凡百ではないのだ。

ながながと立てて土用の蜆棹

『青亭』
昭和六十一年

日本三景の天橋立での所感。筆者も同行。廻旋橋を渡ったところで、小舟に乗った男が長い棹の鋤簾で水底をごしごし揺すっていた。棹を引き上げると、やや遠目に黒光りした旨そうな蜆が見えた。ところで、この句は土用蜆という言葉の間に「の」を割り込ませ蜆を棹に繋げた。さらに語順も「ながながと土用蜆の棹立てぬ」とでもしそうなところであるが、これでは単なる報告にとどまりそう。「ながながと立てて」と「立てて」を直接繋ぎ棹を十分に表現することで、漁師の動きだけでなく表情やその経験年数や流れる時間まで感じ取れるようだ。

いちまいのさらしの吹かれ鮎処

『青亭』
昭和六十一年

見るからに清涼感を湛えた句。どの言葉を取り出しても涼しさに結びつく。「さらし」しかり「吹かれ」しかり、更に仮名書きの「いちまいの」もまた涼しさを感じる。「鮎」だけでも涼しさをもたらすと思うが「鮎処」とあるので涼しさが溢れてくる。涼しさを演出する絶妙の造語だ。更に中七が「さらし吹かるる」ではなく「さらしの吹かれ」である点。この表現による軽い切れが生む間というか息継ぎが、これまた涼しさを呼ぶ。この頃曹人俳句は「行の時代」の真っ只中にあり、写生を根幹に、動詞よりも名詞の重視と切字の重視を実践した。

新聞を跨いでとほる野分かな

『青亭』
昭和六十一年

新聞を跨ぐのは作者の曹人であって、野分ではない。「跨いでとほる」と「野分」の間で切れている。この形式のものには中七で切れているものと、切れずに一句一章のものと二様があるので、そのどちらであるのか吟味する必要がある。掲句は文法上の切れと意味の上の切れが異なるケースだ。ところで、掲句の場所は家の外か内か。外だと台風で飛んできた新聞紙を路上で跨ぐとなるが、やや浅薄。自解に、畳の上の新聞を踏んだり跨いだりしてはいけないと母に躾けられたことが書いてある。その戒めを破った後ろめたさも感じているのだろう。

氷海に空の寄せくる夕翳り

『青亭』
昭和六十二年

「ビギン・ザ・テン」は曹人が考案した鍛錬会で三年で俳人として一本立ちできるように仕組んだシステムである。尤もそうなった人はいなかったが。先輩の卒業吟行会を道東でやるというので、黒田杏子さんとともに臨時参加させてもらった。丹頂鶴、流氷、氷湖などを巡るてんこ盛りで、弟子屈ではダイヤモンドダストまで見ることが出来た。掲句は網走近郊の最も流氷に近い駅と言われる北浜駅前での嘱目。本句でオホーツクの大景を味わうことが出来る。私は流氷を初めて見たし、曹人が止めるのも聞かずまだ薄い流氷の上に乗った。

公魚の竿をあやつる穴二つ

『青亭』
昭和六十二年

氷上一面降雪に被われた真白な世界。そこに青や橙色の原色のアノラックを着た釣人と小さなテントが点在している。ときおり一陣の風が吹雪を呼ぶ。釣人はドリルで穴をこじあけていく。一メートル程度掘ると氷が打ち抜かれて暗い水が現われる。そこに糸を垂らす。釣れるときには直ぐ釣れるが全く釣れぬときもある。しばらくすると穴の中にシャーベット状の氷が出来てくる。雪も積もるので次第に穴が塞がれてくる。ドリルでその穴を掘り返す。ふつう釣人一人に竿と穴は一つである。なかに二つの穴を掘って左右両手で二つの竿を操る男がいた。

雪卸す流氷圏といふところ

『青亭』
昭和六十二年

71

流氷圏というのは多分曹人の造語だと思うが、流氷がオホーツク海を南下してきて、その地域が流氷に閉ざされたり閉ざされようとしている沿海部というほどの意味。流氷はたえず動いており、日々流氷圏の範囲が変化するのだ。接触や衝突により流氷が音を立てる。これを地元では流氷が哭くとも表現する。道東は強風のため雪が吹き飛ばされて余り積もらないが、たまには掲句のような労働風景もみられる。雪卸しという労働は、見た目よりずっと雪が重くて力の要る作業。陸も海も三百六十度一面白銀に輝く世界とそのなかでの人間のちいさな営み。

心太みじかき箸を使ひけり

『青亭』
昭和六十二年

心太は酢じょうゆ派と黒蜜派に分れるが、簾を垂らした街道沿いの茶店なら申し分なし。安っぽいガラスの容器が懐かしく、心太というとなぜか箸が普通の半分ぐらいと短かった。副材料費を安くあげようという魂胆ではないと思うが、あの箸の短さが涼しさを演出していたように思える。そこに目を付けた曹人の手柄。ところで、心太は奈良時代から食用に供されていたことが正倉院の宝物中に記録されている。初めは「こころふと」だったものが、こころたい→こころてん→ところてん、と転訛したと言われている。漢字は元のまま残った。

大揚羽大和坐りの仏かな

『青亭』
昭和六十二年

大和坐りとはいかなる座り方か。百科事典には載っていなかった。以前に曹人は、大和坐りとは正座のことであると話していた。正座ではあるが「いま立ち上がろうとしているように見えた。」とも話していた。そうだとすると、跪座の一種という座り方になる。いつでもすぐに立てるよう武士などが臨機応変に用いたのではないか。正座風の仏像というものは珍しい。そこに大きな揚羽蝶がひらひらと飛んできた。ただそれだけのことであるが、この句からは、大摑みゆえの平和で心やすらぐひとときを楽しめばよいのではないか。三千院での嘱目。

茶畑の中に松の木梅雨に入る

『青亭』
昭和六十二年

茶摘を終えた広い茶畑のなかに一本の松の木がある。折しもしとしと雨が降っている。どうやら入梅したようだ。たったこれだけのことしか詠んでいないが、私には後に教材となった句である。というのも、掲句は当時の「木曜会」に出された句で、私はなんと「まんま」の句だなという意識で予備選にも採らずにいた。ところが披講が始まると、私以外の連衆の殆ど（例えば、深見けん二、黒田杏子、斎藤夏風、染谷秀雄、岸本尚毅の各氏ら）が採るではないか。純粋な写生句として印象的、さらっと詠まれて清々しいなどという選評であったかと思う。

地に張つて大川端の日除かな

『青亭』
昭和六十二年

俳句が作れないときは佃島に行けばよいと初学のころからよく言われた。家康によって住吉神社とともに大阪から移った漁民の住んだ大川（今の隅田川）の向いの島。曹人が訪れた当時から近代的な高層マンションに囲まれていたが、現代においても当時と殆ど変化していない。狭い路地が幾筋もあり、神社を囲む入江堀の潮の満ち引き、佃小橋のたもとの風呂屋、そして天安をはじめとする佃煮屋が昔のままの佇まいで営業をしている。掲句はその佃煮屋の日除け。地面まで張りおおせているところが特徴。〈水打つや幟の彩の映るまで〉は同時作。

おくんちの酸橘《すだち》のいたく沁みにけり

『青亭』
昭和六十二年

「くんち」または「おくんち」というのは九州北部で行われる収穫祭。長崎くんちとともに有名なのが曹人の故郷の唐津くんち。十四台の曳山が出て勇壮。掲句はくんちを見物した後の食事だろう。自註によるとここでも妻同伴。皮剝や虎魚を食べたという。後に蛇笏賞を受賞した深見けん二は、ある句会で「唐津での作品。『沁みにけり』という部分に、曹人さんのふるさとに対する想いが表現されている。」と述べている。同時作に〈おくんちの夜寒の兜曳かれけり〉がある。古舘家本家の地区の曳山は酒呑童子で凄まじい形相とのこと。

冬桜涵徳亭に沓のまま

『青亭』
昭和六十二年

涵徳亭というのは都内小石川後楽園の入口脇にあるやや立派な茶屋。第二期「ビギン・ザ・テン」月の会での初吟行時の作。庭園内の吟行を終えて句会場の涵徳亭に上がったのであるが、名の通り和風建築にもかかわらず靴を履いたまま上がるようになっている。掲句ではその驚きが素直に表現されている。冬桜というちょっぴり艶を含んだ「わび」と、涵徳亭という大層立派な名の茶屋に靴のまま上がるという意外性とのミックスであり、写生と言っても何かに触発されたものを内包しないとこの滋味は出せるものではないと、この句から学んだ。

屍《なきがら》の衾を膝のあたりまで

『青亭』
昭和六十三年

十二月十五日、曹人の師青邨の臨終のときである。青邨に〈泣く時は泣くべし萩が咲けば秋〉という昭和二十年の作品がある。『青邨俳句365日』（梅里書房・平成三年刊）の八月十五日のページに取り上げている。そこには、師弟関係がきれいごとでは済まされず「万事慎重な師と、先を急ぐ弟子は衝突することが屢々であった。」と述懐しているが、逝去に際しては青邨の枕頭で慟哭したそうだ。青邨の身内の方や「夏草」の関係者も大勢居られる中で、この書を曹人は本音で執筆した。曹人は本音で語り合えた、そういう人であった。

一月の芦の中から焼芋屋

『青亭』
平成元年

今ではスーパーの店頭などで売っているが、昔は「いしやきいも」と声を張り上げリヤカーで曳いてきては、いつもの場所で止めて客を待ったり薪をくべたり休憩したり。なかには脱サラの人が慣れない手つきで作業をすることもあった。掲句はそうした都会や既成住宅地ではなく、枯芦の密生したところから焼芋屋がぬっと現れたという、意外な光景を捉えたもの。余計なことを言わず、冬枯れのなかの焼芋屋の人物を浮き上がらせた。伊丹市昆陽池での嘱目。同時作の〈寒中の汝に会へばそれでよし〉は久し振りに同行した私を詠んで下さったもの。

利休忌の一斤半のせいろ蕎麦

『青亭』
平成元年

「一斤半」という表現が目を引く。パンは最近まで一斤二斤と言ったが蕎麦には言わない。辞書を引くと、斤というのは重さの単位で、一斤はふつう六百グラムとある。私たちは堺の南宗寺を訪れていた。南宗寺には、千利休の墓がある。訪れたのは二月で、折しも盛大に茶の湯が催されていた。振袖姿など華やかな情景を見たあと、「ちく満」という老舗蕎麦屋に入ったのである。壁に貼った品書きは木の札。その木札に、せいろ一斤〇〇円、せいろ一斤半〇〇円などと記してある。せいろ一斤半とは大盛りのことで私は面白がってこれを注文した。

藍刈の名刺を拭いて出されけり

『繍線菊』
平成元年

日本有数の藍の産地である徳島県でも藍の生産は減少してきて曹人が訪ねた当時は吉野川中下流一帯の一部だけで栽培されていた。本句の主人公は藍を守り抜いているそうした一人である。農家か畑かで藍刈りをする人がサラリーマンと同じように名刺を差し出されたことに第一の驚きがある。そしてその名刺を拭きながらというところに第二の驚きとリアリティがある。季語と職業を兼ね「藍刈の」だけに絞って、中七以下の十二音をその人の動作に費やしたことで、曹人の感動の焦点が伝わってくる。特に「拭いて」というディテールがポイント。

十月の大徳寺麩を一つまみ

『繡線菊』
平成元年

大徳寺麩は『京都大事典』（淡交社・昭和五十九年刊）によれば、揚げ麩の一種で生麩をまるめて茹で、昆布だし汁、味醂、濃口醤油で煮込み、さらに油で揚げたもの。薄く切って賞味する。大徳寺門前の一久製は一子相伝として京名物の一つに数えられる。難題は「十月の」である。曹人が一久の麩をつまんだのが十月だったとしても「十月」でいいのかどうか。曹人が、ぱくっと呑み込んだ「一つまみ」という軽妙な表現が可笑しく、ユーモアを醸し出している。背景の晩秋の日本晴の空気感がとてもよく、からっとした「十月の」の効果が表れているように思われる。

数へ日のいささか野菜嫌ひかな

『繍線菊』
平成元年

私がまだ若いころ曹人宅に伺ったとき、いろんな話のなかで、曹人は「うちでは夕食のときは必ず季語がひとつは出るんだよ。」と胸を張られたことがある。俳句への熱意とともに、さすがに奥様のご苦労に思いが及んだ。その奥様が「この人野菜の好き嫌いが多くてね。」とこの時とばかり、ちくりとひと言洩らされた。曹人はというと、素知らぬ顔でだんまりを決め込まれていた。この句はそれから数年後の作品。曹人にとっては数少ない自画像の俳句であるが、この年奥様が心筋梗塞で倒れられたので、いささか自嘲まじりの淋しさが漂っている。

まつさをな箸を立てたる諸子かな

『繍線菊』
平成二年

諸子《もろこ》というのはコイ科の淡水魚で琵琶湖産が有名。諸子というと私は湖畔で取引先から送別をして頂いたときのことを思い出す。〈いささかの諸子を焼いて別れけり真二〉一体に曹人には食べ物の句が多いが、本句は、諸子をさあいただくぞという瞬間をさらりと切り取った一句。「まつさをな」といい「箸を立てたる」といい、新鮮で美味しそうな諸子とともに、作者の逸る気持ちも十分に表現されている。俳句は時間経過を持ち込まず瞬間を詠むものと言われている。また食べ物は旨そうに詠むべしとも言われていて、その両方を具えている。

極月の青アスパラに手をのばし

『繡線菊』
平成二年

前掲の〈数へ日のいささか野菜嫌ひかな〉の一年後の作。この句と並べて鑑賞すると、野菜嫌いの曹人がグリーンアスパラに手を伸ばしたことの意外性が伝わってくる。俳句は、作者の境涯、背景、人物像などを知った上で鑑賞する場合と、あくまでも作品本位に徹し、作品以外の情報には一切耳を傾けない態度の両説があり、重要な問題点でもある。掲句に関しては作者の嗜好を知って鑑賞する方がわかりやすく面白くもある。作品が出来たこのころ、日本ではアスパラといえば白アスパラの時代からグリーンアスパラへの過渡期にあたるようだ。

雨がちに青文旦の一部落

『繍線菊』
平成三年

平成三年、ＮＨＫ秋季ＢＳ吟行俳句会が尾道の浄土寺で行われた。能村登四郎・鈴木六林男・森澄雄・古舘曹人・黒田杏子と地元代表の藤井亘の六氏による。当日の吟行より各三句投句、五句選という形式。そこで曹人は〈十二ほど芙美子の戸まで時雨石〉と掲句が三点句となった。掲句はその場では〈雨がちに青文旦の十戸かな〉という形で出された。これについて連衆の方から口々に「今日見てきた風景」「余計なことを言っていない」「青文旦が鮮烈」「俳句の作り方の見本のようだ」「写生の的確さ」などと評された。

十二ほど芙美子の戸まで時雨石

『繍線菊』
平成三年

尾道にある、とある喫茶ルームの奥に『放浪記』で名高い林芙美子が一時過ごした旧居が大きな窓から見通せる。「十二ほど」という出だしが意表を突く。それが座五でようやく時雨に濡れた踏石だとわかる。読者の視線はあらためて手前の石から突当りまでゆき、今度はゆっくり戻してくる。切れのよい省略と時雨のしっとり感、そしてこの構図の仕組により、読み手は作者の追体験をすることができる。その際、石を数えるという発想から彼女の転居数、転職の数、愛憎の数、あざなえる幸不幸の数といった芙美子という女の起伏を想う。

雁の声直哉の一間一間かな

『繡線菊』
平成三年

88

同ＢＳ吟行俳句会の兼題の部での作。兼題は「夜寒」と「雁」の二つ。掲句は五点即ち満点を獲得した句でありその場で能村登四郎による即席の鑑賞がある。「雁の声というのは普通空想になりがちだけど、この句は空間が出ている。だから雁の声が実感として捉えられる。」同時出句の〈うちとけて蝦蛄の甘さも夜寒かな〉も四点を得て曹人デイであった。森澄雄はこれら二句を念頭に「ホトトギス系の写生の修練が実っている。」と評し、曹人流の多作多捨のスタンスに感服し、特に兼題句における質の高さを称賛していた。

178 — 179

ありさうなところにいつも藪柑子

『繡線菊』
平成三年

呟きがそのまま一句に仕上がったような作品。途上、曹人は例えば烏瓜、ぬかごなども目にしたのだろうと思うが、曹人の心にぴたっと焦点が当たったものが藪柑子なのである。この句はひと言でいえば淡白で野心がない。この頃の曹人は「行の俳句」を深める境地にあった。即ち、俳句という文芸形式では言えることは限られているということを知るべきだ、という考え方に基づき、逆に何も言わないで、それでも人の心に何かを感じさせるものを詠む、それも多分感じてもらえる人にだけ感じてもらえればよいというスタンスである。

み空から青山椒にからむもの

『繍線菊』
平成四年

ＮＨＫの宮崎県飫肥《おび》でのＢＳ吟行俳句会。曹人をはじめ九名で、千葉皓史、田中裕明、岸本尚毅など当時の若手も参加した。このうち千葉皓史は掲句について「蔦がからんでいるのだろうが、それをはっきり言わないで青山椒に焦点を当て、対象を大きく摑んだ点がよい。」と評した。また田中裕明は「実際の景色はそうであろうが、言葉の上から、み空という目に見えないものが青山椒にからむという描写に雰囲気がある。」と評した。癌で娘を亡くし、それが原因で妻が入院していた時期の作品。悲壮感というよりも透明感が漂う。

繡線菊やあの世へ詫びにゆくつもり

『繡線菊』
平成四年

前句の〈み空から――〉を作ったときは、妻は存命であった。この句は句集名ともなった曹人の絶唱。この年は娘が癌で亡くなり、それを苦に妻が脳梗塞で亡くなった。絶望の極致にあった。北海道勤務や日々の生活でも無理を言ったことなど様々な想いが走馬灯のように駆け巡ったことであろう。良く出来たひとで後の祭りの反省しきりである。実生活においてもこの後あれこれとチョンボもされる。今ならオレオレ詐欺にでも引っかかり兼ねない心理状態にも陥られた。もっとも「オレオレ」という子息も孫もおられないが。

鮞《はららご》に眼鏡外してなさけなし

『繍線菊』
平成四年

鰤って何だろう。私も大歳時記で調べたがここでは答えは伏せておく。もう一つ何が情ないのか、二つも疑問が生じる。この句、曹人にしては珍しく心情を晒している。鰤は調べればわかるが、後者ははっきりしない。でも情なく感じる原因が判然としないところがよいと思う。情ない原因がすぐにわかるようでは、それこそ因果関係の強い句になってしまう。本句は、鰤って何だと読者の関心をそこに引きつけ、読者とともに眼鏡をはずして鰤を凝視する構図にもなっている。おそらく作者も知らないうちに。妻を亡くして間もない句会。

花冷や手摺に淀をのぼる夢

『繡線菊』
平成五年

「伏見の寺田屋」と前書がある。寺田屋といえば坂本龍馬や寺田屋騒動が有名であるが、俳人はもう一つ知っていることがある。伏見は京都の南、淀川べりの河港で大坂との水運の中心地として栄えたところ。元禄七年、大坂の本町で亡くなった芭蕉は、門弟たちに見守られながら、夜船で淀川をのぼって伏見に着いた。芭蕉の希望どおり、亡骸を大津の義仲寺に運んだのである。

「夢」は勿論〈旅に病んで夢は枯野を駆けめぐる〉の夢である。おもわず手摺を握り締めてしまう。折から花冷えというそれ自体ロマンのなかで、しばし想像に浸る。

土下座して彼岸の篝焚きにけり

『繡線菊』
平成五年

私は曹人に同行したので、この現場を知っている。見ていない方にはわかりにくいかもしれないが、新興宗教の教祖らしき人物が、髭を貯え白装束の形《なり》をして、冠のようなものも被って、敷地内の土の上に直接ひれ伏していた。信者とおぼしき人らもこれに倣っていた。神への敬虔な祈りである。我々が見たのは昼間であったが、鑑賞を夜に設定しても一向に構わない。夜の方が一層神秘的あるいは妖しげに見えてくるだろう。一方、昼間は昼間で、篝がゆらめき陽炎のようになり、これはこれで幻想的であった。季語が利いている。

薇や妻があとにも幾仏

『繡線菊』
平成五年

六知庵吟行句会で出された作品。吟行句会の場合は当然その場での見聞を写生するものだが、この句は異質であった。薇は大和の甘樫の丘の登り道にあったと思う。この季語を除けばあとは全て現場のものではない。曹人の、それも吟行途上での作ということで、驚いたものだ。吟行をしながらもその前年に亡くなった妻への想いが募る。そして、妻の亡くなった後からも、あの世に行った友人知人への哀悼の意が否応もない。薇を見つけて川端茅舎の〈ぜんまいののの字ばかりの寂光土〉の世界を思い浮かべたのかもしれない。

米粒に蹰んで拾ふ朝曇

『繍線菊』
平成五年

朝食の支度風景。米櫃から枡で米を掬ったとき何粒か床にこぼれた。それを踞んで拾った。妻が亡くなり暮らしのことは全て自分ひとりでやらなきゃならん。また、何ごとも疎かに扱ってはいかん、という思い。曹人本人は、この句について「米粒を」ではなく「米粒に」である点に注目せよと指摘するが、それ以上は言わない。「を」だと説明になるほか、「に」により作者の眼も読者の眼も「米粒」に焦点が当たるからか。朝曇というのは、日中暑くなることを予感させる季題。何ごとも一つ一つ着実にこなさねばという、鰥夫一年生の自戒の心境か。

煮炊きせぬあの世は閑暇《ひま》かちちろ虫

『繡線菊』
平成五年

これは妻恋のうた。曹人はシャイであり、生前妻にこのような優しい言葉、いたわりの言葉をかけただろうか。多分ノーであろう。反省もこめて自分のために台所仕事をしてくれた妻への愛惜が俳味を通じて一層高まる。随分以前「我が家では毎晩何かしら季題の食材や料理が出るんだよ。」と楽しげに言われたことがあったが、妻はさぞかし大変であったとあらためて思う。妻が亡くなったあと、曹人は自炊のため料理学校に通った。お手伝いさんは雇ったが、それでも家事はきつい仕事で、思わず「煮炊きさせぬ」のフレーズになった。

ふた畦の後楽園を耕して

『繍線菊』
平成六年

小石川後楽園は、いわずと知れた天下の名園。水戸徳川家の江戸上屋敷内に初代藩主の頼房が造営に着手し、二代の光圀に引継がれた。その庭園の中に猫の額ほどの田圃がある。後楽園という都心の庭園において、小田を耕している驚きが、手に取るように感じられる。ところで、この句には「切れ」がない。曹人は「切れ」を重んじたが『繍線菊』において「切れ」を用いない句が見られるようになった。これは晩年関心をもった連句の影響ではないかと思う。連句における平句の柔らかさに注目し、その息遣いを取り入れたのではなかろうか。

断崖に車着けたる椿かな

『繍線菊』
平成六年

掲句についてあるとき曹人が我ら門弟に尋ねた。「この句の車は断崖の上に着けたのかそれとも下に着けたのか。」「上です。断崖の上だからぞくっとしたのでしょう。」とは私。早春の椿が危うさを示している、と思った。一方「下に着けた」という見解もあった。理由ははっきり言わなかったが、「ここまで君達を連れてきた。登る技術も伝授した。この断崖を登るのは君達自身だ。」という解釈は象徴的に過ぎるように思われるが如何。曹人は最晩年「俳句は何も言えない、何も言わないのが俳句だ。」との心境に到達していた。

十一代垂仁陵に鴛鴦引くや

『繍線菊』
平成六年

垂仁天皇は、記紀系譜上の天皇で崇神天皇の第三皇子。御陵は奈良市内の西方、唐招提寺の近くにある。前方後円墳で周濠に囲まれている。春先のまだ肌寒い日であったが、オシドリよもうすぐ旅立ってしまうのだな、という感慨を詠んだもの。十一代というのも時空を超えた遥かな広がりがある。たまたま吟行の途中で立ち寄ったときの嘱目である。曹人はこのころ「俳句は賜わるもの」とよく言われていたが、こういうことを指すのだと思った。この時の奈良の旅をけじめとして、兼ねてより一部の門弟に漏らしていた「筆を折る」を実践された。

行の俳句というもの

幾多の句風の変遷を遂げた古舘曹人の俳句を語るには、その軌跡、変遷の背景となる社会情勢や俳壇の動向にも注視しつつ俳句に対する姿勢や俳句観を述べるべきであるが、ここでは曹人の辿り着いた俳境「行《ぎょう》の俳句」を中心に述べることにする。イントロとしてまずはそこに至るまでの変遷をごく簡単に紹介しておきたい。

曹人は『自解一〇〇句選古舘曹人集』（牧羊社・昭和六十三年刊）において、あとがきに代えて年譜を作成し、自らの俳句傾向の軌跡を五つの時代に分類、命名している。即ちⅠ抒情時代　Ⅱ社会性時代　Ⅲ回帰時代　Ⅳ革新時代　Ⅴ行の時代である。

因みに各時代の初期の俳句を一句のみ挙げてみる。

Ⅰ虫の戸を叩けば妻の灯がともる
Ⅱ灯台の裏窓一本の葱吊す
Ⅲ苺つぶす舌を平に日本海
Ⅳ冬の滝おのれの壁に響きけり
Ⅴ蜻蛉のあとさらさらと草の音

これだけではとても特徴を捉えきれないと思うが、それでも輪郭は窺えよう。社会情勢や生活環境の変化を感得し、自らを改革し厳しく律することで、曹人としての俳句観を深めていった。到達点が「行の時代」であり、そこに生み出されたのが「行の俳句」である。

「行の時代」の俳句

⑴俳句の切れ

まず行の時代の俳句の実例を挙げて解説をしてみる。

眼帯のいましめを解く夕ちちろ　（昭53年）

第五句集『樹下石上』の冒頭以降を「行の時代」という。（前掲『一〇〇句選』による）

行の時代に入って俳句の切れが顕著になってきた。切字を用いた句はもちろんのこと、切字を用いなくても意味のうえで切れる句が目立つ。

掲句で言えば、中七の「解く」で切れている。決して夕ちちろが眼帯を解く訳ではない。主体は作者であり、作者が眼帯を取るとともに夕ちちろ虫の音を聞いている。「切れ」をいれることにより名詞止の効果を存分に発揮することになる。「切れ」によりその両者の間に空間が生まれ一句を大きくする。これは大景を詠んでも配合の仕方で句が引き締まる。

ありあまる時の過ぎゆく犬ふぐり　（昭54年）

あめつちのどろりと昏るる沢桔梗　（昭57年）

椅子を得てしばらくきしむ旱星　（昭60年）

茶畑の中に松の木梅雨に入る　（昭62年）

芭蕉は、それまで連歌や俳諧で、切字とは、や、かな、けりのほかこれこれしかじかの文字だと限定されていたものを、必ずしもそれらの文字で切るのではなく、作者の切ろうという意志により切ることが出来ると言った。それが「切字に用ふる時は、四十八字皆切字なり。用ひざる時は一字も切字なし」（『去来抄』）であり、上掲の作品はこの切字観を現代に意識的に生かしたものである。

意味の上から切れる形式は「かな」止めの句にも当てはまる。

瀬戸内の一夜に荒れし破魔矢かな　（昭56年）

新聞を跨いでとほる野分かな　（昭61年）

竹林の天に打ちあふ春著かな　（昭62年）

などは季語を含む座五とその上との間で明確に切れていることがわかる。「かな」を用いたこの手法は、二段切れになりかねない微妙な要素を含みつつも、「かな」を古典的な感動の助詞ととらえず、場合によっては調べを整える程度の軽い助詞と割り切る、としたところは潔い。

このような添え物的な「かな」の先例はさほど珍しくはない。師の青邨や虚子、富安風生、久保田万太郎、加藤楸邨など幅広い俳人に用いられている。例えば

祖母山も傾山も夕立かな　青邨

山本健吉が指摘している（『現代俳句』）が、宗匠俳句時代における「吹き流しのかな」に当たるものである。曹人はむしろこの手の軽い「かな」を積極的に取り込むことで、「かな」のもつ古臭さを払拭しようとしたのではないか。同時に、

意味の上で切れる二句一章の効果を最大限に引き出そうともしている。青邨の掲句は切れないで夕立にかかってくるが、曹人の掲句は中七で切れていることが分かっていただけたと思う。ここに新しさの特徴がある。

行の時代の作品の特徴としては

①切字の多用

②切字を用いないで意味の上から切れる作品

の二点については指摘した通りであるが、さらに

③動詞がないにもかかわらず動きが見える作品

を挙げることができる。例えば前掲の

蜻蛉のあとさらさらと草の音　（昭53年）

曹人俳句において嘗ては動詞がよく使われ、動詞が一句の中で重要な働きをした。その後の句柄の変化のなかで、動詞の無い句は、いつも意識下にあったようだ。

一人づつまた一つづつ巴旦杏　（昭55年）
十月の大徳寺麩を一つまみ　（平1年）

(2)行の俳句とは

作品事例を先に書いたが、「行」の俳句とはなんであるのか。この問いを解くには曹人自身の言葉から探ってみるほかない。少々長くなるが、曹人著『句会の復活』（角川書店・昭和六十一年刊）から「行」に触れている箇所を抜粋してみよう。

「子規以降は写生という傾聴法が悟りを開く最短距離で、虚子も秋桜子も草田男もみなこの方法に依った。（中略）客観開眼のためには写生の行しかない。俳句は芸ではなく行なのである。」　昭和五十八年四月（写生の現代的意義・98頁）

「句会は選句の場であり他人の文学に踏み入るところ、すなわち傾聴の場である。俳句を作る写生の行と選句する傾聴とは一貫するものである。」　（同・101頁）

「『虚に居て実を行なふべし。実に居て虚に遊ぶべからず。』この芭蕉の言葉が詩人の本質を示している。『実』とは現実のこと、『虚』とは現実をとりまくあらゆるもの、宇宙も永遠も未来も美もみな虚だ。（中略）こうしなければ（虚に居なければ――筆者註）現実（実）が見えないからだ。私はこれを行と呼ぶ。現代の芸の時代は〝実に居て虚に遊ぶ〟ものだ。」五十九年十一月（虚と実・136頁）

「俳句の道には古来から二つの行が伝わっている。その一つは写生、その二つは句会である。」（同・137頁）

「俳句を〝作る芸〟から〝写生の行〟へ到達したことが子規の開眼であった。」六十年十月（創造は賜はるもの・117頁）

などのほか、「写生は行であるということに現代的意義がある」「句会は現代においても貴重な行のシステムである」や自身の写生の現場を生々しく活写した「写生多作法」の俳句に取り組む真剣なスタンスそのものが行の俳句の具現だと思う。即ち、吟行に出かけ、いまここで見聞きするものだけを俳句に拾い上げるという行為、そのときの五感を全開させた集中力、雑念の入る余地を生まない間断なき作句などこうした自己に厳しい修練の姿勢が行の極意なのだと思う。

これらから浮かび上がるキーワードは「今眼前のもの」「写生」「句会」ということになるであろう。

俳句は、現場にて目の前のものを対象とした写生から生み出すべきであり、多作多捨をして句会に臨むべし。句会では互選をして批評し合えばそれで終了。これが座の文学としての俳句の本分である。というのが曹人の主張と言えよう。

この主張を裏付ける実践も高齢にもかかわらず自らに課している。例えば、昭和六十年六十五歳の時、信州の安曇野に連衆とともに出かけ雨のなかで二時間みっちり吟行をして句作のみに没頭し五十七句を詠む。もちろんよく似た句もあるが、微妙に異なる。その中から句会には十句を提出し、その他は捨てた。そして「句を捨てることによる前進こそが写生作法の革新ではないかと思える。」（曹人著『句会入門』角川選書・平成元年刊・Ⅵ写生多作法）との境地に至る。多作多捨により発想が平凡な延長線上を脱する手法であると会得した。またこれより後、与謝蕪村を勉強して、蕪村が一日にそれも二時間で百句を詠むという修業に励んだことを知り、自らもこれを吟行で行った。私も勧められて挑戦してみたが、一番近づいたのが鎌倉の建長寺で二時間半で百句という苦行であった。

閑話休題。当時は、俳句人口が一部では一千万人とも言われた俳句ブームの時代で、大衆化が大いに進んだことが、俳句の隆盛に繋がったことは間違いないが、よいことばかりではなかった点を曹人は指摘している。

実から虚を見る芸としての俳句は、俳句の「上手さ」を競おうとしている。また座の文学として欠かせないはずの句会についても、大人数のため指導者からの一方通行による選が中心となり、座本来の双方向のコミュニケーションを阻害している、というものである。当時の俳壇の風潮に対するアンチテーゼとしての「行の俳句」なのである。

教える方も習う方も、堅実な俳句よりも一見カッコいい見栄えのする俳句で差別化を図るという機運が高じた。いまの言葉でいえば「映え」のする俳句を求めたということだ。受け入れ側の問題点として、(1)初心者の大量参加で句会の質や密度の低下に対する結社としての教育システムが備わっていなかった。(2)新興結社の代表者やカルチャーセンターの講師が指導者として相応しかったのか。(3)指導者の側に、次代を担う人物を発掘育成する意思があったのか、などを挙げて批判している。「映え」のする俳句は、場合によっては話題に乗りマスコミにも取り上げられる。そうした俳句の堕落に結び付きかねない風潮に警鐘を鳴らし、行の道を歩んだのがこの時代の曹人である。

芸の俳句を排し、写生と句会を重視する姿勢を自ら「行」の俳句、行の時代と名付けていることからも、俳句を求道的に捉えたところにも、曹人のその強い意志と真摯な決意が窺える。精神性を言うといまの時代古臭く思われるかもしれない。しかし、野球のＷＢＣでの優勝やバスケットボールでのオリンピック行き切符の獲得に我々は感動したが、ここまでの道程に各選手は死に物狂いの猛練習をこなし、技のみならず、或いはそれ以上に精神力を鍛え自己改革を経て高みを目指した点を忘れてはならない。こうした自己改革を通しての俳句のあるべき道を、六十歳過ぎから先鋭化させていったことも曹人の一つの特徴と言えよう。曹人は、俳句に関しては我々弟子や曹人を慕う門人に対しての指導は、当時の俳人のなかでも厳しいほうであったが（尤も一対一になると優しくて包容力のあるひと）、それ以上に自分を律し自分に厳しいひとであった。

初句索引

あ行

か行

さ行

た行

季語索引

著者略歴

丹羽真一（にわ・しんいち）

昭和24年　大阪生まれ
昭和55年　「夏草」入会、山口青邨、古舘曹人に師事
昭和63年　俳人協会入会
平成２年　「夏草」新人賞受賞
平成３年　「夏草」同人。同年終刊
平成９年　「樹氷」入会同人。小原啄葉に師事
平成17年　吟行句会「ももくり会」立上げ。俳誌「樹」に入会し、平成28年「樹」代表に就任

現在　前職のほか「樹氷」木魂集同人
「慶大俳句丘の会」所属（令和4年まで会計幹事）
俳人協会幹事

句集に『緑のページ』『お茶漬詩人』『風のあとさき』『ビフォア福島』

現住所　〒112-0011東京都文京区千石2-12-8

発　行　二〇二四年一月二〇日　初版発行
著　者　丹羽真一 © Shinichi Niwa
発行人　山岡喜美子
発行所　ふらんす堂
〒182-0002　東京都調布市仙川町一―一五―三八―2F
TEL（〇三）三三二六―九〇六一　FAX（〇三）三三二六―六九一九
URL http://furansudo.com/　E-mail info@furansudo.com

古舘曹人の百句

振　替　〇〇一七〇―一―一八四一七三
装　丁　和　兎
印刷所　創栄図書印刷株式会社
製本所　創栄図書印刷株式会社
定　価＝本体一五〇〇円＋税
ISBN978-4-7814-1628-1　C0095 ¥1500E